YO SÉ QUIÉN SOY

una guía para

ADOLESCENTES CRISTIANOS

40 CARACTERÍSTICAS DE TU IDENTIDAD EN CRISTO

RICHARD LEMUS DÍAZ

ISBN: 9798334567603

DEDICATORIA

A todos los adolescentes que se rehúsan a vivir según el molde de este mundo y desean descubrir el poder de su IDENTIDAD CELESTIAL.

CONTENIDO

¿POR QUÉ ES IMPORTANTE?.........................   7

ADOLESCENTES:

1 HIJOS DE DIOS...............................   9
2 EMBAJADORES................................   11
3 SOLDADOS...................................   13
4 JUSTIFICADOS...............................   15
5 RECONCILIADOS..............................   17
6 SELLADOS POR DIOS..........................   19
7 GUIADOS POR DIOS...........................   21
8 MUERTOS AL PECADO..........................   23
9 PODEROSOS EN CRISTO........................   25
10 CREADOS PARA GRANDES COSAS.................   27
11 TEMPLOS DE DIOS............................   29
12 CIUDADANOS DEL CIELO.......................   31
13 AMIGOS DEL REY.............................   33
14 MÁS QUE VENCEDORES.........................   35
15 FORMADOS POR DIOS..........................   37
16 ACEPTADOS POR DIOS.........................   39
17 HEREDEROS DE DIOS..........................   41
18 AMADOS POR EL PADRE........................   43
19 SANTOS DE DIOS.............................   45
20 LUZ DEL MUNDO..............................   47
21 SAL DE LA TIERRA...........................   49
22 MIEMBROS DE CRISTO.........................   51
23 REYES......................................   53
24 PERDONADOS.................................   55
25 SACERDOTES DE DIOS.........................   57
26 LIBRES DE LAS TINIEBLAS....................   59
27 REVESTIDOS DE CRISTO.......................   61
28 ELEGIDOS POR DIOS..........................   63
29 RESUCITADOS................................   65

30   SENTADOS EN EL CIELO.................................   67
31   BENDECIDOS EN CRISTO..............................   69
32   OVEJAS DE CRISTO.......................................   71
33   PÁMPANOS DE LA VID..................................   73
34   UNGIDOS DE DIOS...   75
35   TESTIGOS DE CRISTO....................................   77
36   DISCÍPULOS DE CRISTO................................   79
37   GUARDADOS EN CRISTO...............................   81
38   CON NATURALEZA DIVINA...........................   83
39   SIERVOS DE DIOS..   85
40   COMPLETOS EN CRISTO................................   87

¿POR QUÉ ES IMPORTANTE?

Hoy en día, todos lidiamos con cosas como la inseguridad, la depresión, el fracaso y la debilidad. Pero, ¿sabías que encontrar tu verdadera identidad en Cristo puede ser la clave para superar todo esto? Vivimos rodeados de falsas realidades y mentiras que nos confunden. El Espíritu Santo está llamando a los jóvenes a descubrir la verdad que realmente nos libera. Jesús dijo en Juan 8:32: "Conocerán la verdad, y la verdad los hará libres".

La falta de identidad viene de vivir en una fantasía que el mundo nos vende como real. Por eso, cada vez es más difícil saber quiénes somos. Muchos se sienten inseguros, rechazados, confundidos, deprimidos y enojados. Otros intentan definirse a través del horóscopo, libros de autoayuda, videojuegos, redes sociales, actores, deportistas y cantantes. Pero en realidad solo tu Creador puede decirte quién eres de verdad. Él te ha dado una identidad en Su Hijo Jesús.

Tu identidad en Cristo es algo fundamental que te define en lo más profundo de tu ser: una nueva creación con características únicas. En Jesús eres completo, fuerte, exitoso y más que vencedor. Es importante que conozcas estas verdades para poder vivirlas plenamente. Te invito a descubrir quién eres y cuál es tu propósito leyendo las páginas de este libro.

ADOLESCENTES
HIJOS DE DIOS

"Mas a todos los que le recibieron, a los que creen en su nombre, les dio potestad de ser hechos hijos de Dios; los cuales no son engendrados de sangre, ni de voluntad de carne, ni de voluntad de varón, sino de Dios."
Juan 1:12-13

———————•◆•———————

A veces, como adolescentes, buscamos nuestra identidad en el colegio, moda, habilidades o amigos. Pero la Biblia dice que nuestra verdadera identidad está en ser hijos de Dios. No importa lo que hagamos o cómo nos vean los demás, lo importante es quiénes somos en Cristo. Dios nos hizo sus hijos porque nos ama mucho. No nos eligió por lo que hacemos bien sino porque nos quiere. Al creer en Jesús, nos convertimos en parte de la familia de Dios. Esto significa que tenemos un Padre celestial que nos ama y cuida.

Ser hijos de Dios nos ofrece cosas buenas. Primero, tenemos una relación cercana con Dios y podemos hablar con Él con confianza. Segundo, somos herederos de las promesas de Dios. Todo lo que Él ha prometido es nuestro. Tercero, el Espíritu Santo vive en nosotros, guiándonos y ayudándonos a ser más como Jesús. Jesús nos dio esta identidad a través de su sacrificio en la cruz. Vivamos como verdaderos hijos de Dios reflejando su amor en nuestras acciones.

PREGUNTAS REFLEXIVAS

¿Cómo te sientes al reconocerte como hijo(a) de Dios?

¿Cómo te ayuda saber que tu identidad está en Dios y no en como otros te ven?

¿Cómo podemos vivir como verdaderos hijos de Dios?

¿Qué beneficios te aporta el hecho de ser un hijo de Dios?

Anotaciones

_____

_____

_____

_____

_____

_____

_____

ADOLESCENTES EMBAJADORES

"Así que, somos embajadores en nombre de Cristo, como si Dios rogase por medio de nosotros; os rogamos en nombre de Cristo: Reconciliaos con Dios." 2 Corintios 5:20

Un embajador representa a su país en otro lugar, buscando reconciliación y comprensión. Como embajadores de Cristo, tenemos una misión similar pero con un propósito celestial. Somos enviados a la tierra para representar el Reino de Dios, promoviendo la verdad divina y estableciendo relaciones.

La iglesia es nuestra embajada celestial, y cada uno de nosotros ayuda en esta misión. Al igual que una embajada busca la paz entre naciones, nosotros llevamos el mensaje de paz con Dios. Nuestras vidas deben reflejar la gracia salvadora de Cristo, siendo testimonios vivientes de una relación restaurada con Él.

Nuestra influencia debe ser práctica y no solo de palabras. Debemos ser activos en compartir el amor de Cristo, haciendo de la iglesia un lugar de refugio, esperanza y cambio. Aquí, aquellos que buscan acercarse a Dios pueden encontrar un hogar espiritual.

PREGUNTAS REFLEXIVAS

¿Cómo se compara el papel de un embajador terrenal
con el de un embajador de Cristo?

¿Qué representa la iglesia en el contexto
de ser embajadores de Cristo?

¿Qué mensaje llevamos como embajadores celestiales y
cómo debemos mostrarlo en nuestras vidas?

¿Cuál es la importancia de ser activos en nuestra misión
como embajadores de Cristo?

Anotaciones

_____

_____

_____

_____

_____

_____

_____

_____

ADOLESCENTES SOLDADOS

"Tú, pues, sufre penalidades como buen soldado de Jesucristo." 2 Timoteo 2:3

Como un soldado enfrenta batallas con valentía, nosotros, como soldados de la fe, debemos enfrentar las dificultades con resistencia. La vida tiene obstáculos pero Dios nos da una armadura espiritual: verdad, justicia, paz, fe, salvación y la Palabra de Dios. Cada desafío fortalece nuestra confianza en Dios y nos hace más hábiles en nuestra fe. Seguir a Jesús, nuestro Comandante, implica obedecer su Palabra y avanzar en la misión de compartir el evangelio. La disciplina es muy importante; debemos poner en primer lugar la oración, la meditación y el servicio evitando distracciones sin sentido.

Cada batalla nos lleva un nivel superior de experiencia de guerra y cada vez será más difícil que caigamos heridos en el campo. Cada combate nos lleva a un nuevo nivel de experiencia en el manejo de nuestro armamento de milicia espiritual. Cada pelea nos hace más temerarios en la batalla y temibles a los ojos del enemigo. Recuerda también que unidos, somos más fuertes y podemos resistir al mal, avanzando juntos en nuestra fe. Con el apoyo de nuestros hermanos en Cristo podremos superar cualquier obstáculo que se nos presente.

PREGUNTAS REFLEXIVAS

¿Qué nos proporciona Dios para enfrentar
las dificultades en la vida cristiana?

¿Qué significa seguir a Jesús como nuestro Comandante?

¿Por qué es importante la disciplina en la vida
de un soldado de la fe?

¿Cómo nos apoyamos mutuamente en la fe
como soldados de Cristo?

Anotaciones

_____

_____

_____

_____

_____

_____

_____

ADOLESCENTES JUSTIFICADOS

"Justificados, pues, por la fe, tenemos paz para con Dios por medio de nuestro Señor Jesucristo." Romanos 5:1

La justificación es una de las verdades más importantes de la Biblia, mostrando cómo Dios, en su amor, nos ofrece el único remedio para nuestra condición de pecadores: la obra redentora de Jesús. Al ser justificados por la fe, entramos en una nueva dimensión espiritual.

La justificación tiene dos aspectos. Primero, la justicia imputada: Dios nos declara inocentes por nuestra fe en Cristo, reemplazando nuestra culpa con la justicia de Jesús. Esto nos reconcilia con Dios y nos da paz. Segundo, la justicia impartida: la fe en Cristo nos cambia internamente. El Espíritu Santo nos enseña para vivir de manera que refleje nuestra justificación, creciendo en santidad.

Esta justicia viene de la fe en Jesús y por su Espíritu, no de nuestras propias obras. La paz con Dios, gracias a nuestra justificación, nos libera de la condenación. Así, vivimos vidas que reflejan la obra de Cristo y compartimos esta verdad con un mundo necesitado de reconciliación y paz.

PREGUNTAS REFLEXIVAS

¿Qué muestra la justificación según la Biblia
sobre el amor y la misericordia de Dios?

¿Cuál es el primer aspecto de la justificación y qué significa?

¿Cómo nos capacita el Espíritu Santo en la segunda
dimensión de la justificación?

¿Cómo nos libera la paz con Dios gracias a la justificación?

Anotaciones

_____

_____

_____

_____

_____

_____

_____

ADOLESCENTES
RECONCILIADOS

"Y a vosotros también, que erais en otro tiempo extraños y enemigos en vuestra mente, haciendo malas obras, ahora os ha reconciliado." Colosenses 1:21

Recordar nuestro pasado como enemigos de Dios nos hace apreciar más su gracia. Antes, estábamos separados de Él debido a nuestras malas obras y vivíamos bajo el pecado. Pero ahora, en su amor, Dios nos ha reconciliado a través de Cristo y arreglando nuestra relación con Él completamente.

La reconciliación termina nuestras deudas y nos regresa al compañerismo con nuestro Creador. Somos perdonados y abrazados por el amor y el favor del Padre. Esta verdad cambia nuestras acciones, pensamientos y relaciones.

La reconciliación es tanto un evento pasado como una realidad presente. Vivimos cada día reflejando la imagen de Dios y proclamando su gloria. Ya no estamos encadenados por el pecado sino que vivimos en la libertad como hijos salvados y enseñados por el Espíritu Santo.

Nuestra reconciliación también nos convierte en agentes de reconciliación y podemos llevar el mensaje de restauración a aquellos que aún no conocen el perdón de Dios.

PREGUNTAS REFLEXIVAS

¿Qué nos ayuda a apreciar más la gracia divina?

¿Qué es la reconciliación a través de Cristo?

¿Qué significa que la reconciliación es tanto un evento
pasado como una realidad presente?

¿Cómo influye la reconciliación en cuanto
a nuestro papel como cristianos en el mundo?

Anotaciones

_____

_____

_____

_____

_____

_____

_____

ADOLESCENTES SELLADOS POR DIOS

"En él también vosotros, habiendo oído la palabra de verdad, el evangelio de vuestra salvación, y habiendo creído en él, fuisteis sellados con el Espíritu Santo de la promesa." Efesios 1:13

Al creer en el Evangelio, somos sellados con el Espíritu Santo. Este es un acto real que marca nuestra identidad como hijos de Dios. El sellado no es simbólico sino un evento sobrenatural que asegura nuestra salvación y nos protege de las fuerzas del mal.

Ser sellados con el Espíritu Santo trae seguridad divina y garantiza nuestra autenticidad como propiedad de Dios. Este sello no es por un tiempo ni débil sino firme y eterno. Además, nos protege contra las influencias malignas, creando una barrera que ningún poder enemigo puede romper.

La presencia del Espíritu Santo en nosotros es un testimonio vivo de la obra completa de Cristo y nos asegura que vivimos bajo la custodia amorosa de Dios. Confiamos en este sello como garantía de nuestra redención y sabemos que estamos seguros y protegidos por el amor inquebrantable de Dios.

PREGUNTAS REFLEXIVAS

¿Según Efesios 1:13, qué ocurre en la vida del creyente al entender y creer en el Evangelio de Jesucristo?

¿Qué significa ser sellados con el Espíritu Santo?

¿Cuál es la importancia de este sello espiritual para nuestra de seguridad y protección?

¿Cómo ser sellados con el Espíritu Santo ayuda nuestra confianza diaria en la redención y la protección divina?

Anotaciones

_____

_____

_____

_____

_____

_____

_____

ADOLESCENTES
GUIADOS POR DIOS

"Porque todos los que son guiados por el Espíritu de Dios, éstos son hijos de Dios." Romanos 8:14

———————◆•◆———————

*I*magina este privilegio en tus decisiones diarias: el Espíritu Santo te orienta y te da discernimiento divino. En la elección de pareja, te dirige hacia una relación que honre a Dios. En tu carrera profesional, te muestra el camino del éxito y cómo usar tus dones para glorificar a Dios. En tus finanzas, te enseña principios de mayordomía y generosidad, guiándote a reflejar el Reino de Dios.

Ser guiados por el Espíritu implica una relación dinámica con Dios. Él no solo nos dirige, sino que nos capacita para seguir sus pasos. Esta guía es un testimonio de nuestra identidad como hijos amados de Dios, asegurándonos que no estamos solos en nuestro camino espiritual.

Rendirse a la dirección del Espíritu requiere confianza y humildad, sabiendo que Él conoce el camino mejor que nosotros. Cada área de nuestra vida está marcada por su dirección amorosa. Vivamos confiando en la sabia dirección del Espíritu Santo, seguros de ser guiados por el Padre que nos ama infinitamente.

PREGUNTAS REFLEXIVAS

¿Qué revela el Señor sobre los que son guiados
por el Espíritu de Dios?

¿Cómo nos ayuda el Espíritu Santo
en la toma diaria de decisiones?

¿Qué implica tener una relación dinámica
con el Espíritu Santo?

¿Por qué es importante rendirse a la dirección del Espíritu
Santo en nuestra vida cotidiana?

Anotaciones

_____

_____

_____

_____

_____

_____

ADOLESCENTES
MUERTOS AL PECADO

"Así también vosotros consideraos muertos al pecado, pero
vivos para Dios en Cristo Jesús, Señor nuestro."
Romanos 6:11

———————————◆•◆———————————

El pecado es la rebelión contra Dios, la desobediencia a su voluntad y romper su ley. Nos separó de Dios, nos hizo enemigos suyos y nos condenó a la muerte eterna. Jesús vino para morir en la cruz por nuestros pecados, llevar nuestro castigo y pagar el precio de nuestra redención. Como creyentes en Cristo, ahora estamos muertos al pecado.

A menudo, creemos que pecar es inevitable y nos adaptamos a vivimos derrotados. Sin embargo, al centrarnos y tener fe en la verdad de que hemos sido liberados del poder del pecado, activamos la gracia y libertad en nuestras vidas. No hay necesidad de vivir controlados por el pecado.

Considerarnos muertos al pecado es tomar una postura activa de fe en la obra de Cristo en la cruz. Esto abre la puerta a una vida transformada y victoriosa. Al confiar en esta verdad, experimentaremos la liberación y la victoria sobre el pecado que solo Jesús puede brindar.

PREGUNTAS REFLEXIVAS

¿Qué es el pecado y cuáles son sus consecuencias?

¿Cuál fue el propósito de Jesús al morir en la cruz?

¿Qué significa estar "muertos al pecado"
como creyentes en Cristo?

¿Cómo podemos experimentar la liberación y la victoria
sobre el pecado en nuestra vida diaria?

Anotaciones

ADOLESCENTES PODEROSOS EN CRISTO

"Todo lo puedo en Cristo que me fortalece."
Filipenses 4:13

"*T*odo lo puedo en Cristo que me fortalece" es una declaración de dependencia en la fortaleza que Cristo nos provee. Es una fuerza sobrenatural suministrada por Dios, habilitándonos para lograr cosas increíbles. No estamos limitados por nuestras fuerzas sino empoderados por el Señor. No se trata de autosuficiencia, sino de reconocer que en cada desafío y paso de fe contamos con el poder divino que nos sostiene.

Imagina vivir sabiendo que puedes enfrentar cualquier situación, no por tu habilidad sino porque en Cristo encuentras la fuerza necesaria. Significa que nuestra capacidad para enfrentar la vida proviene de nuestra conexión con Jesús y que somos canales del poder de Dios a través de su Espíritu en nosotros.

Este poder en Cristo es para cada aspecto de nuestra vida diaria. En alegrías y adversidades, en calma y tormenta, podemos decir con confianza: "Todo lo puedo en Cristo que me fortalece."

PREGUNTAS REFLEXIVAS

¿Qué significa "Todo lo puedo en Cristo que me fortalece"?

¿Cómo cambia nuestra perspectiva al
reflexionar en la verdad de este versículo?

¿De dónde proviene nuestra capacidad
para enfrentar la vida?

¿Cómo podemos aplicar la fuerza de Cristo
en nuestra vida cotidiana?

Anotaciones

_____

_____

_____

_____

_____

_____

_____

ADOLESCENTES CREADOS PARA GRANDES COSAS

"Porque somos hechura suya, creados en Cristo Jesús para buenas obras, las cuales Dios preparó de antemano para que anduviésemos en ellas." Efesios 2:10

———————•·•———————

Somos el resultado de la creatividad divina y fuimos creados con un propósito: hacer buenas obras preparadas por Dios. Esta declaración es una invitación divina a participar activamente en las obras del Reino.

Dios nos destinó a ser agentes de cambio, portadores de esperanza y constructores del Reino en la tierra. Las "buenas obras" deben ser la manifestación tangible del amor de Dios y expresiones prácticas de su justicia y misericordia.

Imagina despertar cada día sabiendo que estamos diseñados para realizar grandes cosas. Dios desea que seas instrumento en sus manos para impactar vidas y transformar comunidades. Tienes un lugar en el proyecto celestial de Dios y las buenas obras que te ha encomendado son clave para desatar su amor y redención en el mundo.

PREGUNTAS REFLEXIVAS

¿Cuál es el propósito para el cual fuimos creados?

¿Cómo se manifiestan las "buenas obras?

¿Qué rol tenemos en el plan divino de Dios?

¿Cómo pueden nuestras acciones cotidianas
contribuir al Reino de Dios?

Anotaciones

_____

_____

_____

_____

_____

_____

_____

ADOLESCENTES
TEMPLOS DE DIOS

"¿No sabéis que sois templo de Dios, y que el Espíritu de Dios mora en vosotros?" 1 Corintios 3:16

---

*I*magina tu vida como un santuario, donde cada oración y acto de servicio es un sacrificio que perfuma el aire con fragancia celestial. Eres un espacio sagrado donde la adoración continua y la presencia de Dios convergen. Este santuario es el Lugar Santísimo, tu corazón, donde Dios establece su morada. El trono de la gracia está tan cerca de ti como tu propio latido. La cercanía de su presencia es una realidad palpable en cada respiración.

Tu vida se convierte en el refugio divino donde la gloria de Dios se manifiesta. Desde tu corazón emana la gracia y la unción divina hacia el mundo necesitado. Eres un punto de encuentro entre Dios y las personas perdidas. En cada interacción y decisión, reflejas la existencia del Señor, siendo un testimonio de su morada en ti. Recuerda que eres un templo habitado por el Espíritu Santo. Cada acción y palabra es una oportunidad para rendir culto a Dios. Vive consciente de que su presencia habita en ti, resplandeciendo su gloria.

PREGUNTAS REFLEXIVAS

¿Cómo se describe la vida de una persona en este pasaje?

¿Dónde se establece la morada de Dios?

¿Qué emana desde el corazón del creyente
hacia el mundo necesitado?

¿Cómo debería vivir una persona consciente de que es un
templo habitado por el Espíritu Santo?

Anotaciones

ADOLESCENTES
CIUDADANOS DEL CIELO

"Mas nuestra ciudadanía está en los cielos, de donde
también esperamos al Salvador, al Señor Jesucristo."
Filipenses 3:20

¿Sabes que tienes ciudadanía celestial? Al igual que los ciudadanos de una nación terrenal tienen derechos constitucionales, nosotros también tenemos derechos dados por nuestro Creador. Estos derechos son las promesas divinas que nos aseguran provisión, justicia, libertad y seguridad bajo el gobierno perfecto de Dios. Pero ser ciudadano celestial va más allá de los derechos; también conlleva deberes. Así como los ciudadanos terrenales contribuyen al bienestar de su sociedad, nosotros debemos reflejar los valores del Reino celestial. Estamos hablando de los mandamientos de Dios que nos guían en nuestro comportamiento y nos exhortan a defender la justicia en un mundo que a menudo la desecha.

Esta ciudadanía nos protege del sistema temporal de satanás porque estamos bajo la cobertura del gobierno celestial que vela por nuestra seguridad y bienestar. Es un privilegio y una responsabilidad honrar el Reino de Dios viviendo vidas de amor, santidad y compasión.

PREGUNTAS REFLEXIVAS

¿Qué nos ofrece ser ciudadano celestial?

¿Cuáles son los derechos otorgados
a los ciudadanos celestiales?

¿Qué nos aseguran las promesas divinas?

¿Cuál es la responsabilidad de un ciudadano
celestial hacia el Reino de Dios?

Anotaciones

_____

_____

_____

_____

_____

_____

_____

ADOLESCENTES AMIGOS DEL REY

"Ya no os llamaré siervos, porque el siervo no sabe lo que hace su señor; pero os he llamado amigos, porque todas las cosas que oí de mi Padre, os las he dado a conocer."
Juan 15:15

————————◆•◆————————

Jesús nos revela un aspecto elevado de nuestra identidad en Él: la amistad. Ser llamado "amigo del Rey" no es un título superficial, sino una conexión íntima con el mismo Rey. Esta relación implica confianza, confidencialidad y privilegio. En la amistad con Jesús compartimos secretos, revelamos pensamientos profundos y participamos en los asuntos del Reino de manera íntima.

En tiempos antiguos, ser "amigo del rey" significaba acceso especial a su presencia y participación en sus decisiones. De manera similar, nuestra amistad con Jesús nos concede acceso a la sabiduría divina y a los propósitos celestiales. Esta relación va más allá de la obediencia de siervos; es una comunión basada en la confianza mutua y la revelación compartida. ¿No es maravilloso que el Dios del universo nos llame amigos? ¡Que tus decisiones y acciones demuestren que eres amigo del Rey Jesús!

PREGUNTAS REFLEXIVAS

¿Qué significa ser "amigo del Rey"?

¿Qué compartimos en la amistad con Jesús?

¿Cómo se diferencia ser amigo de Jesús
de ser simplemente un siervo?

¿Qué privilegios y responsabilidades implica ser
"amigo del Rey" en el Reino de Dios?

Anotaciones

_____

_____

_____

_____

_____

_____

_____

ADOLESCENTES
MÁS QUE VENCEDORES

"Antes, en todas estas cosas somos más que vencedores por medio de aquel que nos amó." Romanos 8:37

———————•◆•———————

En la vida, enfrentamos desafíos difíciles en relaciones, aspiraciones y luchas internas. Sin embargo, la hermosa promesa es que somos más que vencedores. Dios, con su amor infinito, nos da el poder constante para superar estos obstáculos.

En nuestras relaciones, el amor de Dios nos capacita para perdonar, entender y mostrar gracia, incluso en situaciones difíciles. Confiamos en Él para resolver conflictos y encontrar restauración.

En nuestras metas más profundas, la promesa de ser más que vencedores nos motiva a seguir adelante. Dios nos da la perseverancia, sabiduría y valentía para alcanzar metas que parecían inalcanzables.

En nuestras luchas internas contra tentaciones, dudas y miedos, el amor y poder de Dios son nuestra luz. Su gracia nos fortalece, transformando nuestras debilidades en testimonios de su poder redentor.

PREGUNTAS REFLEXIVAS

¿Cómo el amor de Dios nos ayuda en nuestras relaciones?

¿Qué nos impulsa a seguir adelante en
nuestras metas más profundas?

¿Cómo ayuda la gracia de Dios en nuestras luchas internas
contra tentaciones, dudas y miedos?

¿Cómo debería influir en nuestras decisiones y acciones el
saber que somos más que vencedores en Cristo?

Anotaciones

_____

_____

_____

_____

_____

_____

_____

ADOLESCENTES
FORMADOS POR DIOS

"Porque tú formaste mis entrañas; Tú me hiciste en el vientre de mi madre... Mi embrión vieron tus ojos, y en tu libro estaban escritas todas aquellas cosas que fueron luego formadas, sin faltar una de ellas."
Salmo 139:13,16

———————•◦•———————

Cuando pensamos que Dios tomó tiempo para formarnos en el vientre de nuestras madres, entendemos que tenemos un propósito especial. No somos accidentes sino creaciones hechas con un diseño específico. Dios conoce cada parte de nosotros, desde el inicio hasta el final de nuestras vidas.

No importa las circunstancias en las que llegaste al mundo. El Espíritu Santo nos asegura que Dios sabe todo sobre nosotros. Cada detalle y rasgo de nuestra existencia fue visto y registrado por sus ojos llenos de amor. Nuestra vida no es azar sino parte de un plan divino.

Es asombroso ser conocido íntimamente por el Creador del universo. Este conocimiento incluye nuestras experiencias y luchas. Dios no solo nos conoce; nos ama con amor eterno.

PREGUNTAS REFLEXIVAS

¿Qué nos muestra el hecho de que Dios tomó tiempo para formarnos en el vientre de nuestras madres?

¿Cómo nos asegura el Espíritu Santo que Dios conoce cada parte de nosotros?

¿Por qué es importante recordar que nuestra vida no es fruto del azar?

¿Qué cosas incluye el conocimiento íntimo que tiene el Creador de nosotros?

Anotaciones

_____

_____

_____

_____

_____

_____

ADOLESCENTES ACEPTADOS POR DIOS

"Para alabanza de la gloria de su gracia, con la cual nos hizo aceptos en el Amado." Efesios 1:6

———————◆•◀—————————

La búsqueda de aceptación es una experiencia común. En un mundo con estándares cambiantes, ser plenamente aceptados es un tesoro. Todos anhelamos ser verdaderamente conocidos y amados. Efesios 1:6 nos revela una aceptación basada en el amor y la gracia de Dios, no en nuestros logros.

Imagina un lugar sin máscaras ni juicios, donde Dios nos mira con gracia y nos acoge en su amor. La aceptación divina supera nuestras circunstancias, fallas y las expectativas de otros. Entonces, ¿por qué dejamos que la aceptación de otros controle nuestras decisiones y sueños? Gracias a Jesús, hemos sido aceptados por gracia, un favor inmerecido.

Entender y disfrutar nuestra aceptación por Dios puede transformar nuestra relación con Él y nuestra visión de nosotros mismos. Dios nos libera de buscar aprobación en lugares equivocados. Nos permite vivir con una identidad basada en el amor de nuestro Creador.

PREGUNTAS REFLEXIVAS

¿Cómo describe Efesios 1:6 la aceptación
que recibimos de Dios?

¿Qué significa ser aceptado en el corazón de Dios?

¿Por qué es un problema buscar la aceptación
de otras personas?

¿Cómo puede transformar nuestra vida
la aceptación de Dios?

Anotaciones

_____

_____

_____

_____

_____

_____

_____

ADOLESCENTES
HEREDEROS DE DIOS

"Y si hijos, también herederos; herederos de Dios y
coherederos con Cristo, si es que padecemos juntamente
con él, para que juntamente con él seamos glorificados."
Romanos 8:17

———————◆•◆———————

Ser herederos de Dios nos lleva a una increíble realidad de promesas y posesión. Esta herencia abarca la eternidad y se manifiesta en nuestra vida diaria. Como herederos, llevamos la riqueza divina en cada aspecto de nuestra existencia.

Tener esta herencia significa poseer las promesas de Dios en su totalidad. En nuestra vida actual, estas promesas se muestran como la guía del Espíritu Santo, la paz que supera cualquier circunstancia, y el amor que sostiene nuestras emociones. Somos parte de un reino eterno y majestuoso, conectados con Dios.

Cada área de nuestra vida está llena de la promesa divina: en la salud, encontramos sanidad; en las emociones, consuelo; en las finanzas, provisión. Vivimos bajo el reinado de un Dios que nos da seguridad, protección y abundancia. Tenemos una esperanza futura de una morada celestial y una vida eterna de paz y amor con Jesucristo.

41

PREGUNTAS REFLEXIVAS

¿Qué significa ser herederos de Dios en nuestra vida diaria?

¿Cómo se manifiestan las promesas de Dios
en diferentes áreas de nuestra vida?

¿Qué nos proporciona la identidad como
herederos de Dios en momentos de dificultad?

¿Cómo describe el texto nuestra conexión
con el reino eterno de Dios?

Anotaciones

_____

_____

_____

_____

_____

_____

_____

ADOLESCENTES AMADOS POR EL PADRE

"Mirad cuál amor nos ha dado el Padre, para que seamos llamados hijos de Dios; por esto el mundo no nos conoce, porque no le conoció a él." 1 Juan 3:1

———————— •• ————————

El Espíritu Santo nos invita a ver el amor inmenso que Dios ha derramado sobre nosotros al llamarnos sus hijos. Somos amados por el Padre de una manera que va más allá de nuestra comprensión. Este amor no depende de nuestras acciones ni fallas, sino de la naturaleza divina de Dios, que es amor. Nos miramos en este amor y encontramos nuestra identidad en una realidad de amor que no depende de nosotros sino de Dios mismo. Dios nos ama porque es su esencia.

Este amor paternal nos envuelve en una seguridad que supera cualquier inseguridad terrenal. En un mundo que busca validación en logros, nuestro valor está en el amor inmutable del Padre. Somos amados con un amor eterno. El mundo puede no comprender este amor divino, pero llevamos la luz de un amor que desafía la lógica del mundo. Este amor nos capacita para amar a los demás como hemos sido amados, mostrando la realidad del amor de Dios en nuestras vidas.

PREGUNTAS REFLEXIVAS

¿Cómo impacta tu vida saber que eres amado por el Padre?

¿De qué manera el amor de Dios influye en la forma
en que te relacionas con los demás?

¿Cómo puedes compartir el amor del Padre
con aquellos que te rodean?

¿En qué circunstancias de tu vida necesitas recordar
constantemente que eres amado por Dios?

Anotaciones

ADOLESCENTES
SANTOS DE DIOS

"Pero fornicación y toda inmundicia, o avaricia, ni aun se
nombre entre vosotros, como conviene a santos."
Efesios 5:3

Ser santos significa estar apartados y consagrados para Dios. No solo evitamos ciertas acciones, sino que vivimos para su reino. La Biblia nos llama santos ahora mismo, lo que significa que tenemos la gracia y el potencial para vivir conforme a esta nueva identidad. Es esencial crecer en justicia y parecernos más a Cristo.

Como hijos de Dios, la santidad nos aparta del pecado y del mal. No es aislamiento, sino un llamado a pertenecer a Dios y ser parte de su misión. Somos un pueblo especial, destinados a reflejar su gloria en un mundo necesitado de luz. Nuestra separación nos pone en una posición para impactar positivamente a los demás, siendo instrumentos de su gracia.

Al entender que somos santos, sabemos que nuestra vida es para el servicio de Dios. La santidad no es una carga, sino una gracia que nos ayuda a vivir según su propósito eterno.

PREGUNTAS REFLEXIVAS

¿Qué significa ser santo según?

¿Por qué es importante crecer en justicia
y parecernos a Cristo?

¿Cómo nos aparta la santidad del pecado y del mal?

¿Cuál es el fin de vivir nuestras vidas
como santos de Dios?

Anotaciones

_____

_____

_____

_____

_____

_____

_____

ADOLESCENTES
LUZ DEL MUNDO

"Vosotros sois la luz del mundo; una ciudad asentada sobre un monte no se puede esconder... Así alumbre vuestra luz delante de los hombres, para que vean vuestras buenas obras, y glorifiquen a vuestro Padre que está en los cielos." Mateo 5:14, 16

———◆•◆———

Jesús nos llama la "Luz del Mundo". Esta luz no es física, sino espiritual, y viene del Reino de Dios. Tiene el poder de impactar este mundo oscuro con la verdad, la gracia y el amor de Dios. Está diseñada para iluminar a quienes nos rodean. Ser la luz del mundo significa más que solo hablar; debemos vivir de manera que nuestras acciones reflejen la gloria de Dios. Jesús nos dice que dejemos que nuestra luz brille a través de nuestras buenas obras, para que la gente vea el amor y la existencia de Dios a través de nosotros.

Aunque somos la luz del mundo, no emitimos nuestra propia luz. Jesús es la verdadera luz, y nuestra luz proviene de Él, no de nuestra propia capacidad. Nuestras buenas obras deben reflejar las de Jesús, no solo nuestras propias acciones. Nuestras acciones no buscan elogios para nosotros, sino glorificar a Dios, quien nos ha llamado de la oscuridad a su luz. Nuestro propósito es ser canales de esta luz divina, dispersando la oscuridad y mostrando la gracia de nuestro Salvador.

PREGUNTAS REFLEXIVAS

¿Qué significa ser la "Luz del Mundo"?

¿De dónde proviene la luz que llevamos como seguidores de Cristo?

¿Cómo debemos dejar que nuestra luz brille, según las palabras de Jesús?

¿Cuál es el propósito de nuestras buenas obras como luz del mundo?

Anotaciones

_____

_____

_____

_____

_____

_____

_____

ADOLESCENTES
SAL DE LA TIERRA

"Vosotros sois la sal de la tierra; pero si la sal se desvaneciere, ¿con qué será salada? No sirve más para nada, sino para ser echada fuera y hollada por los hombres." Mateo 5:13

Jesús nos llama "la sal de la tierra," lo cual tiene un significado muy interesante desde el Antiguo Testamento. La sal no solo era un condimento, sino un símbolo espiritual importante. En la antigüedad, la sal se usaba para hacer pactos duraderos. Este simbolismo nos ayuda a entender que, como la sal de la tierra, somos representantes del pacto de Dios con las personas. Nuestra vida debe reflejar la estabilidad y durabilidad de ese pacto, mostrando a los demás la realidad del reino de Dios y guiándolos hacia la salvación.

La sal también preserva los alimentos. De igual manera, nosotros debemos preservar la moral y la bondad en la sociedad. Además, la sal añade sabor, y así debemos influir positivamente en el mundo, mejorando la vida diaria de quienes nos rodean. Aunque seamos pocos, podemos tener un gran impacto.

Recordemos que somos "la sal de la tierra," con la tarea de llevar el evangelio a los perdidos, preservar lo bueno, añadir sabor a la vida de los demás e influir positivamente en nuestro entorno. No subestimemos el impacto que podemos tener, incluso si somos solo una pequeña parte.

PREGUNTAS REFLEXIVAS

¿Qué significa ser "la sal de la tierra"?

¿Qué simbolizaba la sal en los pactos antiguos?

¿Cómo debemos preservar la moral y la bondad
en la sociedad?

¿Qué impacto pueden tener incluso un pequeño grupo
de seguidores de Cristo?

Anotaciones

_____

_____

_____

_____

_____

_____

_____

_____

ADOLESCENTES
MIEMBROS DE CRISTO

"Vosotros, pues, sois el cuerpo de Cristo, y miembros cada uno en particular." 1 Corintios 12:27

———————◆•◆———————

Ser "miembros del cuerpo de Cristo" (1 Corintios 12:27) es algo súper especial y emocionante. Imagina que Cristo es como la cabeza del cuerpo y nosotros somos las diferentes partes. Esto significa que Jesús es quien nos guía y dirige, y dependemos de Él para todo: nuestra fuerza, nuestra sabiduría y nuestro camino.

Cada uno de nosotros tiene un papel único y valioso en esta comunidad. Así como las partes de nuestro cuerpo trabajan juntas en armonía, nosotros también debemos apoyarnos y colaborar entre nosotros. No hay lugar para la competencia, sino para el trabajo en equipo y el apoyo mutuo.

Dios nos ha dado a cada uno de nosotros dones y habilidades especiales a través del Espíritu Santo. Estos dones nos permiten ayudar y fortalecer a la iglesia. Así que, si alguna vez te sientes insignificante, recuerda que tu vida tiene un propósito increíble. Todos tenemos una función importante en el cuerpo de Cristo, ¡y todos somos necesarios!

PREGUNTAS REFLEXIVAS

¿Qué significa que Cristo es la cabeza del cuerpo?

¿Cómo debemos vivir como miembros del cuerpo de Cristo?

¿Qué nos ha dado Dios a cada uno de nosotros
a través del Espíritu Santo?

¿Qué debemos recordar si alguna vez
nos sentimos insignificantes?

Anotaciones

ADOLESCENTES REYES

"Y nos has hecho para nuestro Dios reyes y sacerdotes, y reinaremos sobre la tierra." Apocalipsis 5:10

El Espíritu Santo nos dice algo increíble: hemos sido hechos reyes para Dios. Esto significa que tenemos autoridad y responsabilidad como reyes bajo la autoridad de Jesús, el Rey de reyes. Nuestra autoridad no es terrenal, sino celestial, y Jesús nos ha dado el poder para enfrentar la oscuridad en su nombre.

Como reyes en el reino de Dios, tenemos la tarea de gobernar nuestras vidas y ejercer influencia a nuestro alrededor. Esto significa controlar nuestros deseos malos, tomar decisiones sabias y actuar con la autoridad que viene de nuestra relación con Dios. Un rey gobierna, lidera y toma decisiones importantes. Nosotros estamos llamados a vivir en victoria y a controlar la oscuridad en nuestro entorno con la sabiduría del Espíritu Santo.

Nuestra autoridad es para glorificar a Dios y expandir su reino. Esto significa vivir en servicio y liderazgo, mostrando la gloria de Jesús en todo lo que hacemos. ¡Así que, imagina que eres un superhéroe espiritual, usando tu poder para el bien y para hacer brillar la luz de Jesús en todas partes!

PREGUNTAS REFLEXIVAS

¿Qué significa ser hechos reyes para Dios?

¿Qué tipo de autoridad tenemos como reyes?

¿Qué responsabilidades tenemos como reyes
en el reino de Dios?

¿Cómo debemos usar nuestra autoridad y bendiciones
como reyes en Cristo?

Anotaciones

ADOLESCENTES PERDONADOS

"Y a vosotros, estando muertos en pecados y en la incircuncisión de vuestra carne, os dio vida juntamente con él, perdonándoos todos los pecados." Colosenses 2:13

———————◆●◆———————

¿Alguna vez te has sentido perdido espiritualmente? Todos hemos estado ahí, pero aquí está la buena noticia: Dios, en su amor incomparable, nos ofrece vida junto con Cristo. Esta no es solo una segunda oportunidad, sino una invitación a una nueva realidad. Su gracia nos da un reinicio total, perdonándonos por completo y liberándonos de la culpa y el peso del pasado.

¿Cómo respondes a un amor tan radical? Reflexionemos juntos sobre el regalo del perdón total de nuestros pecados. Es un recordatorio de que no se trata de lo que merecemos, sino de la generosidad y favor de Dios.

Vivir en la gracia significa celebrar diariamente su perdón y caminar en libertad. No hay pecado demasiado grande que su amor redentor no pueda cubrir. Recordemos este asombroso regalo y permitamos que nos motive a amar más, perdonar a otros y vivir vidas que reflejen la generosidad de aquel que nos dio vida y perdón.

PREGUNTAS REFLEXIVAS

¿Qué significado tiene el regalo de vida junto con Cristo?

¿Cuál es el papel fundamental de la gracia divina
en la vida del creyente?

¿Cómo deberíamos responder al perdón completo
de nuestros pecados?

¿Qué nos motiva a vivir en libertad y celebrar diariamente
el perdón de Dios?

Anotaciones

ADOLESCENTES
SACERDOTES DE DIOS

"Mas vosotros sois linaje escogido, real sacerdocio, nación santa, pueblo adquirido por Dios, para que anunciéis las virtudes de aquel que os llamó de las tinieblas a su luz admirable." 1 Pedro 2:9

¿Sabías que eres parte de un "real sacerdocio"? ¡Sí, tú! No es solo un título, es una invitación a ser parte de algo maravilloso. Jesús, nuestro Sumo Sacerdote, nos guía en este viaje. No es solo para unos pocos, sino para todos los que creen.

Como sacerdotes, tenemos el privilegio de estar cerca de Dios. A través de Jesús, llevamos su santidad y ayudamos a reconciliar a la humanidad con su Creador. Nuestra misión es importante: compartir las maravillas de Aquel que nos sacó de la oscuridad a su luz. No solo con palabras, sino con nuestras vidas transformadas. Cada acto de bondad y cada palabra de aliento son parte de nuestro sacerdocio en acción.

En cada rincón de nuestra vida, ya sea en el colegio, en casa o con amigos, somos portadores del amor y la gracia de Dios. ¡Vivamos nuestra identidad y llevemos su luz al mundo!

PREGUNTAS REFLEXIVAS

¿Qué significa ser parte del "real sacerdocio"?

¿Quién nos guía en nuestro servicio como sacerdotes?

¿Cómo podemos llevar la luz de Dios al mundo
en nuestra vida diaria?

¿Qué responsabilidades tenemos como sacerdotes de Dios?

Anotaciones

ADOLESCENTES
LIBRES DE LAS TINIEBLAS

"El cual nos ha librado de la potestad de las tinieblas, y traslado al reino de su amado Hijo," Colosenses 1:13

¿Te has sentido alguna vez atrapado en la oscuridad? Antes de conocer a Jesús, vivíamos en las sombras del pecado, lejos de Dios. Estábamos bajo el dominio del mal, con corazones encadenados y mentes nubladas. Pero gracias al amor increíble de Jesús, hemos sido liberados de esa oscuridad y llevados a un reino lleno de luz.

Este cambio no es solo espiritual, sino también una transformación interior. En el Reino de Jesús, encontramos la luz que disipa la ignorancia y revela la verdad que salva. Ahora somos ciudadanos de este Reino Celestial, herederos de bendiciones eternas.

Nuestra libertad no es algo que debamos esconder, sino una luz que debemos compartir. Como testigos del amor y la gracia de Cristo, estamos llamados a vivir en la plenitud de su luz. Cada día, reflejemos la gloria de Aquel que nos ha liberado y llevemos su luz a un mundo necesitado.

PREGUNTAS REFLEXIVAS

¿Cómo era nuestra vida antes de conocer a Jesús?

¿Qué cambio experimentamos al ser liberados
de las tinieblas?

¿Qué significa ser ciudadanos del Reino Celestial?

¿Cómo debemos vivir nuestra libertad en Cristo y qué
debemos hacer con ella?

Anotaciones

_____

_____

_____

_____

_____

_____

_____

ADOLESCENTES
REVESTIDOS DE CRISTO

"Porque todos los que habéis sido bautizados en Cristo, de Cristo estáis revestidos." Gálatas 3:27

---

*I*magina llevar un manto celestial, una armadura espiritual que te hace invencible en Cristo. Este manto no es solo un adorno; es nuestra fortaleza y salvación. Cada hilo lleva la promesa de triunfo sobre la oscuridad, porque el Nombre del Rey de reyes está sobre nosotros.

Enfrentamos desafíos diarios, pero al recordar que estamos revestidos del poder de Cristo, nuestra perspectiva cambia. Ya no tememos, porque sabemos que Dios nos respalda. Este revestimiento nos hace ser temidos por las fuerzas del mal, porque llevamos el Nombre de Jesús.

Este manto es nuestro derecho celestial, nos capacita para amar, perdonar y avanzar con confianza en la misión de Dios. En cada paso que damos, llevamos el poder que venció la muerte y resucitó a nuestro Salvador. No somos solo espectadores; somos participantes activos, empoderados para impactar el mundo con su amor y poder transformador.

PREGUNTAS REFLEXIVAS

¿Qué representa el manto celestial?

¿Cómo cambia nuestra perspectiva al recordar que estamos
revestidos del poder de Cristo?

¿Qué nos capacita para amar, perdonar
y avanzar con confianza?

¿Qué significa ser participantes activos
en la misión de Dios?

Anotaciones

_____

_____

_____

_____

_____

_____

_____

ADOLESCENTES ELEGIDOS POR DIOS

"No me elegisteis vosotros a mí, sino que yo os elegí a vosotros, y os he puesto para que vayáis y llevéis fruto, y vuestro fruto permanezca; para que todo lo que pidiereis al Padre en mi nombre, él os lo dé." Juan 15:16

¿Sabías que Dios te eligió? No se trata de nuestras habilidades o méritos, sino de su amor y gracia. Dios prefiere a los humildes y a los que dependen totalmente de Él. Nos eligió para llevar fruto abundante y vivir en santidad.

Nuestra elección no es un dogma complicado, sino una verdad simple: "Él nos eligió a nosotros". Esta elección nos transforma y nos llama a apartarnos del pecado, guiados por el Espíritu Santo, para ser más como Cristo.

Somos rociados con la sangre preciosa de Jesús, que nos libera del pecado y nos reconcilia con Dios. Esta sangre nos limpia y nos prepara para honrar al Padre. Cuando te sientas limitado, recuerda que tus debilidades son el entorno perfecto para que la gracia y el poder de Dios se manifiesten. No se trata de nuestra autosuficiencia, sino de la grandeza de Dios a través de nosotros.

PREGUNTAS REFLEXIVAS

¿En qué se basa la elección de Dios?

¿Qué fruto estamos llamados a llevar
como elegidos por Dios?

¿Cómo nos transforma la sangre de Jesús?

¿Qué debemos recordar cuando nos sentimos limitados
en nuestras habilidades?

Anotaciones

_____

_____

_____

_____

_____

_____

_____

ADOLESCENTES
RESUCITADOS

"Si, pues, habéis resucitado con Cristo, buscad las cosas de arriba, donde está Cristo sentado a la diestra de Dios."
Colosenses 3:1

—————————•••—————————

¿Sabías que estamos resucitados con Cristo? No es solo una metáfora, es una realidad espiritual que redefine nuestra vida y propósito. Esta resurrección nos permite vivir de acuerdo con los principios del Reino de Dios.

Imagina el poder de la resurrección renovándonos constantemente, capacitándonos para andar en santidad, amor y en todos los aspectos del fruto del Espíritu. Este poder nos impulsa a vivir en la realidad de la vida nueva en Cristo.

La resurrección espiritual nos da entrada y estancia permanente en el Reino de Dios. A través de la muerte con Cristo, dejamos atrás el dominio del mal y aparecemos en el Reino celestial con una identidad transformada.

Como ciudadanos de este Reino, tenemos acceso a los recursos divinos y la responsabilidad de reflejar los valores celestiales en la tierra. Se nos llama a buscar lo de arriba, donde Cristo está, enfocándonos en lo eterno y en las cosas del Reino.

PREGUNTAS REFLEXIVAS

¿Qué significa estar resucitados con Cristo?

¿Cómo nos capacita la resurrección para vivir de acuerdo con los principios del Reino de Dios?

¿Qué implica la resurrección espiritual en términos de nuestra identidad y ciudadanía?

¿Qué se nos llama a buscar como ciudadanos del Reino celestial?

Anotaciones

ADOLESCENTES SENTADOS EN EL CIELO

"Y juntamente con él nos resucitó, y asimismo nos hizo sentar en los lugares celestiales con Cristo Jesús."
Efesios 2:6

———————————◆•◀———————————

¿Sabías que no solo hemos resucitado con Cristo, sino que también hemos ascendido con Él? Esto no es solo una promesa futura, es una realidad presente. Estamos sentados en lugares celestiales con Cristo, con acceso a los beneficios y autoridad del Reino de Dios.

Imagina el poder de la ascensión elevándonos por encima de las limitaciones terrenales. Estamos sentados en tronos junto con Cristo, por encima de todo principado y potestad. Esta posición nos da autoridad y nos coloca cerca del trono del Padre, otorgándonos acceso a su presencia.

Nuestra victoria sobre satanás, el pecado y el mundo es una realidad presente. Como delegados reales del Reino, tenemos el privilegio de conocer los misterios celestiales y recibir sabiduría divina. Esto nos capacita para manifestar la victoria y el poder de Jesús en cada situación.

Somos representantes del Reino de Dios en la tierra, con la responsabilidad de influenciar activamente en su expansión en cada esfera de nuestras vidas.

PREGUNTAS REFLEXIVAS

¿Qué significa haber ascendido con Cristo?

¿Qué posición espiritual tenemos al estar sentados
en lugares celestiales con Cristo?

¿Qué privilegios y responsabilidades tenemos como
delegados reales del Reino de Dios?

¿Cómo nos capacita la sabiduría divina
en nuestra vida diaria?

Anotaciones

_____

_____

_____

_____

_____

_____

_____

ADOLESCENTES BENDECIDOS EN CRISTO

"Bendito sea el Dios y Padre de nuestro Señor Jesucristo, que nos bendijo con toda bendición espiritual en los lugares celestiales en Cristo." Efesios 1:3

———————◆•◆———————

Que maravilloso es saber que no solo recibimos bendiciones ocasionales de Dios, sino que vivimos en un estado continuo de bendición. La Palabra de Dios nos asegura que hemos sido bendecidos con "toda bendición espiritual". Esta bendición abarca cada área de nuestra vida, desde lo emocional hasta lo material.

La bendición de Dios es un torrente que fluye desde su gracia divina, enriqueciendo cada aspecto de nuestro ser. No es algo distante o abstracto; es pura, santa y edificante. Esta bendición es la atmósfera del ámbito celestial donde ya estamos sentados con Cristo.

Dios se complace en bendecirnos abundantemente, desde nuestras aspiraciones celestiales hasta nuestras necesidades más básicas. Al abrazar nuestra identidad como bendecidos en Cristo, recordemos que estas bendiciones no son solo para nuestro beneficio, sino para testimonio de la gloria de Dios y el bienestar de quienes nos rodean. Caminemos como lo que somos: bendecidos de Dios.

PREGUNTAS REFLEXIVAS

¿Qué asegura la Palabra de Dios sobre nuestras bendiciones?

¿Cómo es la bendición de Dios en nuestras vidas?

¿Qué abarca la bendición de Dios?

¿Cuál es el propósito de nuestras bendiciones?

Anotaciones

_____

_____

_____

_____

_____

_____

_____

_____

ADOLESCENTES

OVEJAS DE CRISTO

"Yo soy el buen pastor; y conozco mis ovejas, y las mías me conocen." Juan 10:14

¡Que maravilloso es saber que somos ovejas en el rebaño de Cristo! Jesús, nuestro Buen Pastor, nos conoce personalmente y nosotros reconocemos su voz. Siguiendo su guía, encontramos propósito y significado, caminando hacia un futuro lleno de esperanza y éxito.

Como ovejas de Cristo, recibimos su protección. Aunque el enemigo intente desviarnos, bajo el cuidado del Buen Pastor estamos seguros. Su protección va más allá de las circunstancias y nos libra de la amenaza del mal.

Disfrutamos de innumerables beneficios: nada nos faltará. En el pastoreo divino, nuestras necesidades espirituales, emocionales y físicas son satisfechas. La abundancia de Dios fluye hacia nosotros, y su provisión es completa.

Además, Jesús nos cura las heridas. En nuestros momentos de debilidad, actúa como el Médico divino, sanando nuestras heridas y renovándonos con su gracia. Vivamos confiados porque el Rey de reyes, el Señor del universo, es nuestro Pastor.

PREGUNTAS REFLEXIVAS

¿Quién es nuestro Buen Pastor y cómo nos conoce?

¿Qué beneficios recibimos al ser ovejas de Cristo?

¿Cómo nos protege el Buen Pastor del enemigo?

¿Qué hace Jesús por nosotros en nuestros momentos
de debilidad?

Anotaciones

_____

_____

_____

_____

_____

_____

_____

_____

_____

ADOLESCENTES
PÁMPANOS DE LA VID

"Yo soy la vid, vosotros los pámpanos; el que permanece en mí, y yo en él, éste lleva mucho fruto; porque separados de mí nada podéis hacer." **Juan 15:5**

———————◆•◆———————

Jesús nos compara con ramas conectadas a la Vid Verdadera. La Vid es el arbusto que da como fruto la uva y Jesús afirma que Él es ese arbusto. Al permanecer en Cristo, damos fruto: amor, gozo, paz, paciencia, benignidad, bondad, fe, mansedumbre y templanza. Esta conexión nos capacita para servir en el reino de Dios.

Las ramas reciben nutrientes a través de la savia. Si nos desconectamos de Cristo, perdemos la capacidad de producir frutos genuinos. La vid nos suministra fuerzas, poder, santidad, bendiciones, sabiduría, revelación, fe, amor, unidad e identidad.

Como ramas de la Vid, reflejamos la naturaleza de Cristo en nuestra vida diaria, llevando frutos que glorifican su nombre. A través de esta conexión, somos portadores de la presencia de Dios en el mundo. Al permitir que la savia de la Vid Verdadera fluya en nosotros, influenciamos nuestras acciones, pensamientos y palabras. Cada día, debemos permanecer arraigados en Cristo, encontrando en esa conexión nuestra fuerza, propósito y significado.

PREGUNTAS REFLEXIVAS

¿Qué comparación utiliza Jesús para explicar
nuestra conexión con Él?

¿Qué frutos producimos al permanecer en Cristo?

¿Qué sucede cuando nos desconectamos de Cristo,
la Vid Verdadera?

¿Cómo influye la conexión con Cristo en nuestras acciones,
pensamientos y palabras?

Anotaciones

_____

_____

_____

_____

_____

_____

_____

ADOLESCENTES
UNGIDOS DE DIOS

"Pero la unción que vosotros habéis recibido de él permanece en vosotros, y no tenéis necesidad de que nadie os enseñe; así como la unción misma os enseña todas las cosas, y es verdadera, y no es mentira, según ella os ha enseñado, permaneced en él." 1 Juan 2:27

¿Sabías que la unción de Dios es el poder que nos da su gracia y presencia? Nos muestra que Dios nos eligió y nos equipó para cumplir su propósito en la tierra. Nos ayuda a amar a Dios y a los demás de verdad.

Este poder no es solo para unos pocos; está disponible para todos los que lo buscan sinceramente. Desde tiempos antiguos hasta Jesús, vemos cómo Dios da la persona del Espíritu a quienes están listos para recibirlo. Nos ayuda a vivir una vida que honra a Dios y sirve a los demás.

Cuando leemos la Biblia y nos abrimos al Espíritu Santo, sentimos la unción de Dios. Nos guía, consuela y fortalece en los momentos difíciles, ayudándonos a vencer el pecado. Es una parte continua de nuestra vida, fortaleciendo nuestra fe y guiándonos a ser testigos del amor y la gracia de Dios.

PREGUNTAS REFLEXIVAS

¿Qué muestra la unción de Dios sobre
nuestra relación con Él?

¿Para quién está disponible la unción divina?

¿Cómo nos ayuda la unción de Dios
en los momentos difíciles?

¿Qué debemos hacer para experimentar la unción de Dios
en nuestras vidas?

Anotaciones

_____

_____

_____

_____

_____

_____

_____

ADOLESCENTES TESTIGOS DE CRISTO

"Pero recibiréis poder, cuando haya venido sobre vosotros el Espíritu Santo, y me seréis testigos en Jerusalén, en toda Judea, en Samaria, y hasta lo último de la tierra."
Hechos 1:8

Ser testigos de Cristo significa participar en su obra redentora. No es solo una tarea, es nuestra identidad. Somos llamados a reflejar su amor, poder, gracia y verdad en nuestras vidas. Jesús nos encomendó llevar su mensaje de salvación a todo el mundo. Este mandato no es solo para los discípulos de hace dos mil años, sino también para nosotros hoy. Como seguidores de Cristo, debemos ser testigos de su poder transformador.

El Espíritu Santo nos capacita y guía en este llamado. Nos da valentía y sabiduría para proclamar el evangelio con amor. Nuestra vida se convierte en un testimonio vivo del poder salvador de Cristo, permitiendo que su luz brille a través de nosotros.

No somos testigos por nuestras propias fuerzas, sino por el poder del Espíritu Santo en nosotros. Al rendirnos a Él, nos convertimos en instrumentos de Dios, listos para glorificar su nombre y hacer conocido su amor en todo el mundo.

PREGUNTAS REFLEXIVAS

¿Qué significa ser testigos de Cristo?

¿A quiénes encomendó Jesús llevar
su mensaje de salvación?

¿Cómo nos capacita el Espíritu Santo para ser
testigos de Cristo?

¿Qué se convierte en un testimonio vivo
del poder salvador de Cristo?

Anotaciones

_____

_____

_____

_____

_____

_____

_____

ADOLESCENTES
DISCÍPULOS DE CRISTO

"Y se congregaron allí todo un año con la iglesia, y enseñaron a mucha gente; y a los discípulos se les llamó cristianos por primera vez en Antioquía." Hechos 11:26

Ser discípulos de Cristo no es solo una creencia superficial, es una parte esencial de nuestra identidad. La palabra "discípulo" significa "aprendiz", lo que nos muestra que tenemos acceso directo a las enseñanzas y la vida de Jesús. Esta cercanía define nuestro ser y modo de vida.

Como discípulos, tenemos el privilegio de aprender del Maestro en cada aspecto de la vida. Nos sumergimos en sus enseñanzas y modelamos nuestras vidas según su ejemplo. Esta relación nos nutre, desafía y capacita para vivir reflejando su amor y verdad.

Los beneficios de ser discípulos son abundantes: experimentamos el perdón, la reconciliación con Dios y recibimos el Espíritu Santo, quien nos guía y fortalece. Encontramos propósito y significado al participar en la obra redentora de Dios. Demostramos nuestro discipulado al obedecer los mandamientos de Jesús y amar a los demás como a nosotros mismos, reflejando su amor y compasión.

PREGUNTAS REFLEXIVAS

¿Qué significa ser discípulos de Cristo?

¿Qué privilegios tenemos como discípulos de Cristo?

¿Cuáles son los beneficios de ser discípulos de Cristo?

¿Cómo demostramos nuestro discipulado
en nuestra vida diaria?

Anotaciones

_____

_____

_____

_____

_____

_____

_____

_____

ADOLESCENTES

GUARDADOS EN CRISTO

"Judas, siervo de Jesucristo, y hermano de Jacobo, a los llamados, santificados en Dios Padre, y guardados en Jesucristo." Judas 1:1

En un mundo lleno de incertidumbre y peligro, encontramos refugio seguro en los brazos amorosos de nuestro Salvador. Judas 1:1 nos recuerda que estamos bajo la protección y el cuidado de Cristo. Él es nuestro refugio y fortaleza, nuestro defensor en tiempos de adversidad. Estar guardados en Cristo significa que estamos protegidos por su amor, poder y fidelidad. Esto nos da tranquilidad y confianza en cada paso que damos. En medio de la batalla contra el pecado y la tentación, el Señor nos fortalece para vivir vidas santas e íntegras.

En los momentos de tormenta, encontramos refugio en su paz, sabiendo que estamos seguros en su amor inquebrantable. Como discípulos de Cristo, estamos protegidos de las asechanzas del enemigo. El diablo puede intentar sembrar dudas, pero en Cristo encontramos fortaleza para resistir y vencer. Además, el Señor envía a sus ángeles para cuidarnos y protegernos. Nuestra identidad como creyentes está ligada a esta verdad: estamos guardados en Cristo.

¿Qué nos recuerda Judas 1:1 sobre nuestra
protección en Cristo?

¿Qué significa estar guardados en Cristo?

¿Cómo nos fortalece el Señor en medio de la batalla
contra el pecado?

¿Qué papel juegan los ángeles en nuestra protección?

ADOLESCENTES CON NATURALEZA DIVINA

"Por medio de las cuales nos ha dado preciosas y grandísimas promesas, para que por ellas llegaseis a ser participantes de la naturaleza divina, habiendo huido de la corrupción que hay en el mundo a causa de la concupiscencia." 2 Pedro 1:4

———————◆•◆———————

Imagina estar tan cerca de Dios que su carácter se refleja en ti. Eso es lo que significa ser parte de la naturaleza divina. Este regalo transforma nuestra vida desde adentro haciéndonos más como Jesús. De esta manera, crecemos en santidad, dejando atrás las pasiones mundanas y abrazando la pureza y la rectitud que provienen de Dios. Dios, además, nos ha dado promesas maravillosas que nos permiten vivir con su gloria y poder. No solo seguimos sus mandamientos, sino que también confiamos en sus promesas, que nos llevan a experimentar su victoria. Nuestra identidad como cristianos se basa en estas promesas.

Al vivir como hijos de Dios llevamos su luz y amor a un mundo que lo necesita. Estamos llamados a impactar nuestro entorno con la verdad y el poder del Evangelio. Recuerda siempre que tu identidad y propósito están en Dios, quien te ha llamado a ser su hijo y a participar de su naturaleza divina. Vive cada día reflejando la belleza y la grandeza de nuestro Creador.

PREGUNTAS REFLEXIVAS

¿Qué significa ser parte de la naturaleza divina?

¿Cómo nos transforman las promesas de Dios
en nuestra vida diaria?

¿Qué impacto estamos llamados a tener en nuestro entorno
como hijos de Dios?

¿Cuál es la base de nuestra identidad y propósito
como cristianos?

Anotaciones

_____

_____

_____

_____

_____

_____

_____

ADOLESCENTES
SIERVOS DE DIOS

"Mas ahora que habéis sido libertados del pecado y hechos siervos de Dios, tenéis por vuestro fruto la santificación, y como fin, la vida eterna." Romanos 6:22

A veces, ser siervo de Dios puede sonar como algo aburrido o incluso opresivo, pero en realidad es todo lo contrario. Ser siervo de Dios significa unirse a un propósito increíble y eterno. Cuando servimos a Dios, no estamos atrapados en una esclavitud que nos oprime. En cambio, nos convertimos en administradores de su poder y sus bendiciones. Dios nos llama a vivir con autoridad y a seguir su voluntad. Ser siervo de Dios es ser siervo del amor, la vida y la justicia.

Al rendirnos a su voluntad, nos liberamos del pecado y la muerte, encontrando verdadera libertad en servir a Aquel que nos ama y nos redime. Nuestra recompensa no solo está en la vida eterna, sino también en la santificación diaria. Cada acto de servicio y sacrificio nos hace crecer espiritualmente y nos acerca a la vida plena que Dios tiene para nosotros. Como siervos de Dios, somos parte de su gran plan de redención. ¡Qué maravilloso es ser parte de algo tan grande! Somos sus instrumentos para llevar su luz y amor al mundo, transformando vidas y mostrando su gracia y poder.

PREGUNTAS REFLEXIVAS

¿Qué significa realmente ser siervo de Dios?

¿Cómo nos libera el servicio a Dios del pecado y la muerte?

¿Cuál es la recompensa de ser siervo de Dios, tanto en esta
vida como en la eternidad?

¿Qué papel jugamos en el plan de redención de Dios
al ser sus siervos?

Anotaciones

ADOLESCENTES
COMPLETOS EN CRISTO

"Y vosotros estáis completos en él, que es la cabeza de todo principado y potestad." Colosenses 2:10

Descubrir que estamos completos en Cristo es grandioso. En Él, encontramos plenitud y satisfacción. Gracias a su muerte y resurrección, somos transformados. Jesús llevó nuestros pecados y debilidades en la cruz, y en su resurrección, nos dio su justicia y gloria. Nuestra identidad no se basa en nuestros errores o pasado, sino en lo que Jesús hizo por nosotros. Somos amados, aceptados y perdonados. Somos hijos de Dios, herederos de su reino, y llamados santos y justificados. ¡Incluso somos reyes, sacerdotes y embajadores de su reino!

Por la fe, podemos vivir esta identidad cada día. Al confiar en las promesas de Dios y obedecer su Palabra, experimentamos la plenitud y satisfacción que solo Él puede dar. No sentiremos vacío, sino que estaremos llenos de gozo y éxito, sin importar las circunstancias. Vivir como completos en Cristo nos da confianza y valentía para enfrentar cualquier desafío. Sabemos que somos más que vencedores en Jesús y que nada puede separarnos de su amor y provisión. ¡Que esta verdad nos motive a vivir con fe, esperanza y amor, reflejando la gloria y el poder de nuestro Señor en todo lo que hacemos!

PREGUNTAS REFLEXIVAS

¿Qué significa estar completos en Cristo?

¿Cómo nos transforma la obra redentora de Cristo
en nuestra identidad?

¿Qué papel juega la fe en vivir nuestra identidad
en Cristo diariamente?

¿Cómo nos capacita nuestra identidad en Cristo
para enfrentar desafíos?

Anotaciones

Made in the USA
Las Vegas, NV
11 November 2024